한국 희곡 명작선 97

하늘 바람이어라

한국 희곡 명작선 97

하늘 바람이어라

도완석

평민사

완석

석

하늘 바람이어라

등장인물

모두 9명의 배우들이 장면에 따라 각각 다른 역할이 주어진다.
그들에게는 1.2.3.4 배우들의 고유 번호가 명시되어 있으며 ( )는 극중
에 나타나는 인물들의 이름이다.

때

고려무신시대 망이, 망소이 난 즈음

장소

망이, 망소이가 살고 있는 둔지미 숯뱅이골, 그리고 고려궁 궐내

무대

무대는 회전무대로 후면에 큰 반원의 배경막이 있고 그 앞쪽으로 좌
우와 중앙에 각각 사선구조로 된 계단과 단이 설치되어 있다. 반원 밖
과 안쪽은 언제나 명암으로 대비되어야 하며 반원 안쪽은 무대 장면
에 따라 배우(또는 코러스/영상)들이 등장하거나 배경막이 교체되게
된다.

1

무대 천둥 번개소리와 함께 막이 열리면 계단 중앙 상단에서 배우1 장검을 두 손으로 받쳐 들고 천상을 향해 기도를 올린다.

배우1(망이) 하늘이시여! 하늘이시여! 스쳐가는 바람처럼, 촌음 같은 인생일망정, 짓밟힌 인고의 세월 거두시고 이 민초들의 아픔과 눈물을 거두어 주소서,

또 다시 천둥번개 소리.

이때 단 아래 우편 상단에 기다란 실루엣의 그림자를 드리우며 서 있는 배우2에게 희미한 조명.

배우7(노파) 참으로 이상허구먼 그려! 내 간밤에 생시같이 똑똑한 꿈을 꾸었는디, 아! 글씨 저놈이 근엄한 갑옷을 입구설랑 저 산마루 꼭대기에 덩그러니 서 있더란 말여! 아 워찌나 그 모습이 장엄하던지 내 큰소리로 녀석헌테 소리를 쳤지! 이눔아! 왜 그리 높은 곳에서 혼자 그리 덩그러니 서 있는 게여? 하고 말이시 아, 그랬더니 시상에 지금 매냥 마른 하늘에 갑자기 뇌성벽력이 치더니만 글씨 눈부실 정도로 허연 말 한 마리가 하늘로부터 강

림하더란 말여. 그런데 원제 올라탔는지 망이놈이 금세 그 말 잔등에 올라 타 있는 기여. 내 아무리 꿈일망정 워찌나 기분이 상쾌하던지 글씨 혼자서 덩실덩실 춤을 추덜 않았겄냐!

조명 Out과 함께 다시 천둥번개.

잠시 후 어둠 속에서 간간히 들려오는 북소리. 이어 구슬픈 가곡과 함께 상단 구조물 서서히 회전을 하고 반대편으로부터 세 사람의 그림자가 비쳐진다. (가곡소리를 배경으로 하면서)

배우3(조위총) 중서성 이가두가 추밀원 손가김가 필봉을 꺾이우고 황각에 앉았는데 어쩔꺼나 주먹바람이 천만 번도 더 부누나, 동북면 병마사의 애절한 넋이여 지병마사 억장소리 녹사의 통곡소리 철새 떠난 빈하늘에는 한숨소리 절로 나네 그려.

배우6(장군1) (배우3에게 읍하며) 신 서경좌수 유수나리께 아뢰옵니다. 개경에서 이의방이가 평장사 윤인첨으로 하여금 토벌대를 이끌고 절령(현 자비령)을 넘고자 하였으나 악천후 기후로 저들의 행보가 중단되었다 하옵니다.

배우5(장군2) (역시 배우3에게 읍하며) 서경우수 아뢰옵니다. 역적 이의방

이가 두경승을 후군총군사로 임명하여 우리 서경군을 향해 진격해오고 있사온데 두경승은 최숙으로 하여금 기마병을 구성하여 우리 군사들을 교란시키고 있다 하옵니다. 하오나 저들은 이미 지쳐있사옵고 사기 또한 저하되어 우리의 함성만으로도 혼비백산하는 졸개들이라 하옵니다.

배우3(조위총) (다시 눈을 감으며) 어쩔 건가… 어찌할 건가… 이놈의 망국흉상의 나라 꼴을… 어찌해야 좋단 말인가….

이들의 실루엣이 사라질 때 농민군들의 합창소리 멀리서 어렴풋이 들려온다.

농민군들의 합창
동해바다에 해가 뜨고 서산 너머로 해가 지네
우리네 살림엔 언제 해 뜨고 우리네 가슴엔 언제 달 뜨나
남풍이 불어와 처녀가슴 불지르고
북풍이 몰려와 총각가슴 눈물짓네
가거라 세월아 멀리 떠나라 오너라 봄바람
내 몸 녹여라 명학소에 북 울린다
어서어서 잠깨어나 이 어둠을 일깨우자
새아침이 밝아온다 (북소리 둥둥 F.O)

2

이때 계단 뒤편으로부터 탈을 쓴 배우2,4,6 주변을 두리번거리며 무대 중앙으로 등장.

배우2(백성) 아 뭐땜시 고로콤 좌우로 눈깔을 돌려가며 주변을 살펴대는기여? 뭔일이라도 난기여? 오금떨리게끔… 아, 왜 그러는디?

배우4(백성) 쉬- 좀 조용히혀! 아 회덕장터서 몸품이라도 팔려면 몸놀림은 그렇다혀두 귀동냥은 밝아야쓰는 것인디… 임잔 정말 큰일이구먼 그려!

배우6(백성) 아, 자네 소리두 커, 그랑께 입 다물고 조용히 모다 귓데기 한 쪽씩만 내 주둥이에다 바짝들 디밀어 볼 꺼구먼!

모두 배우6 곁으로 다가와서 귀를 모은다. 그리고는 화들짝 놀라며

배우2(백성) 아니? 고거시 참말잉겨?

배우4(백성) 그렇께 그 숯뱅이골에 인물났다던 그 망간가 뭔가 하는 형제가 참말로 일 내뿌렸단말여?

배우6(백성) 아, 그렇당께! 하늘님께서 사람 살라고 내려준 땅에서 우덜이 살고 있는디 허구한날 토전이다 뭐다 씨부렁대

면서 어린네 오줌 기저구까정 빼앗아들가니께 당연한 거사가 아니었어! 지랄 염병헐 놈들… 군장만 찼지 계룡산 마현 골째기 산적놈들보다도 더 못돼 쳐먹은 놈들이랑께!

배우2(백성) 오메! 고렇게 공주 관아놈들이 예까지 내려와 장바닥에 쫘-악 깔렸거였구먼이라! 원, 시상에 뭔놈의 관아놈들이 시정잡배들도 아니고 농기구먼 걸치고 지나도 다짜고짜 으르렁대며 시빌 거는 고만이라

배우4(백성) 아니 그럼 원제 적부터 망가네 형제가 둔지미 골짝으로 사람을 모아 온기여? 그라고본께, 우덜도 이러고만 있지 말고 모다 숯뱅이골로 가야 쓰는 거 아녀?

배우2(백성) 고것도 빌어먹을 생각은 아니제! 그나저나 뭔 승산은 있서 그러는겨?

배우6(백성) 아 승산은 뭔노메 승산! 그냥 이참에 관아놈들 머리통에 똥물이나 쫘-악 끼얹어 주자는 거지!

이때 다시 북소리와 함께 농민군들의 합창이 가늘게 다시 들려오며 무대조명 F.O

3

둥근 달과 수많은 별들이 몹시 아름다운 밤. 배우들 무대 중앙에 놓인 모닥불 주변에 둘러앉아 있다. 은은한 음악소리.

배우3(소상) 아니? 그 그럼 임종준이라는 그 어른이 여즉 살아계셨단 말잉겨?

배우1(망이) 그랬시유! 지가 지난 다섯 해 동안 옥중에서 어르신과 고락을 함께 했응께유. 헌데 지난달에 그만…

배우3(소상) 그랬었구먼… 헌데 뭔 일로 이런 누추한 곳까지 날 찾아왔는감? 우리네는 자기(磁器)나 굽고 사는 자기소 천것들인디…

배우1(망이) 지도 둔지미에서 숯댕이 굽고 사는 소(所)인배잖유! 지들이 예까지 찾아든 연유는 임종준 어르신께옵서 일깨워 주신 하명에 소상어른도 뜻을 함께 모아 주시면 워떨까 싶어서…

배우3(소상) 뜻을 모으자니? 나 같은 무지랭이 늙은이가 뭐를 할 수 있다구라!

배우1(망이) 그 어르신은 소상어른도 아시다시피 난신적자들의 농간으로 억울한 옥살이를 하셨댔지유. 그라고 지도 어찌하다 옥살이를 하게 되었는디 그곳에서 어르신을 뵙구면유. 그란데 그 어르신께서 그 허구많은 옥수들 가운데서

지를 지목하시고는 지게 글을 일깨워주셨구 또 세상 살아가는 이치를 깨치게 해주셨시유. 그뿐 아니라 밤마다 옥졸들의 눈을 피해 지한테 병법과 무예를 가르쳐주셨구먼유!

배우3(소상) 그랬구먼! 그래서 어찌하였는디…?

배우1(망이) 스승님께서는 민망스럽게도 지더러 하늘의 천기를 받고 태어났다고 하시면서 이놈에게 우리 천민들을 도탄에서 구명하라 하명하셨구먼유.

배우3(소상) (잠시 침묵) 내는 소시적부터 그 어르신 댁에 낭구를 대주며 밥술을 얻어먹었기 때문에 그분이 워떤 분이라는 걸 잘 알고 있지. 그 어르신은 글이 높으시고 천기를 아시는고로 나라와 사람의 운세를 예견하는 신통력이 있으신 분이셨어! 그런 분께서 자네에게 분명 그리 하명하셨다면 우덜이 예사롭게 들어서는 아니 되겠제. 허지만서도 참말로 막막허구먼 그려….

배우1(망이) 스승님께서는 늘상 지헌테 이런 가르치심을 주셨구먼유! 하늘과 땅이 해와 달로써 서로 맞다음같이 사람 사는 이치 또한 같음이라구유… 땅 밟고 하늘이고 봄바람에 짝짓고 그런저런 정 나누다 북풍일 때 떠나는 인생. 모두가 일장춘몽이요 병가지상사라지만 하늘로 머리 들고 사는 모든 인생은 신분은 있으되 귀천은 없고 빈부는 있으되 차별은 없어야 한다 하셨시유! 하오나 소상어른! 우덜은 지금꺼정 성씨조차 제대로 갖지 못한 천민으로서 허구한날 세상의 횡포와 수탈로 허기진 배 움켜쥐고 살아왔어유! 허나 이제는 그럴 수 없구먼유. 우덜도 하늘로 머리 들고 사는 사람으로서 우리가 일구고 거둔 것 우리가 간수혀서 배고픔도 없이하고 번듯한 옷도 지어입고 자식들에게 가난의 대물림 없이 글도 가르켜주고 사는 이치를 일깨워줘야겠시유! 천것도 사람임을 세상천지에 알려줘야겠시유. 이것이 소인이 하고자 하는 의거의 본분이요 뜻이구먼유!

배우3(소상) 그려, 모다 맞는 말이구먼 내 비록 배움은 없지만 긴 세월 살다보니께 사람 보는 눈은 쩌까 생기더란 말이시. 그려 옳구먼이라, 내 더 듣지 않아도 마음 결정을 했응게 어디 한번 큰 뜻을 이루어 보세나. 우덜 자기소(磁器所)사람들도 둔지미 숯뱅이골 사람들과 함께 할탱게 말여!

배우1(망이) 고맙구먼유. 소상어른! 참말로 고마워유.

이때 갑자기 천둥소리, 그리고 다시 배우7 등장.

배우7(노파) 히히히! 거 보거라. 내 꿈이 맞질 않든감. 망이 녀석은 보통 놈이 아니란말여! 비록 우덜이 천것으로 모질게는 살아왔지만서도 사람 보는 눈은 있어야 되는기여! 어여 모다 이놈 말대로 따라들 혀!

어둠 속에서 다시 노파 사라지고 무대 전과 같이 푸르스름한
달밤 풍경.

배우3(소상)   허면 이제 우덜이 어찌해야하는 감?

배우1(망이)   이제 우덜도 힘을 기르면서 싸움준비를 해야겠지유. 황
도의 개경군사들매냥 용병술도 배우고 칼 잡는 검법도
배우고 체력도 연마해야겠지유. 그래야 관아를 습격혀
서 곡간에서 썩어가는 우덜거 공출해간 곡식들을 되찾
아 저 어린 것들과 우덜 노부모님께 봉양할 수가 있덜
않겠시유!

배우4(자기소 사람)   아니 그럼 우덜도 개경군사들 매냥 군사가 되는 기
여? 칼도 쥐고 갑옷도 입는 그런 군사말여? 참말로 신나
는 일이로구먼. 이제꺼정은 그저 흙이나 캐고 굴레나 돌
리면서 그릇이나 만들던 우덜 신세였는디… 와 말만 들
어도 좋아죽겠구먼! 아 안 그려유! 소상어른! 하하하. (즐
거워하며 주변을 뛰어다닌다)

그리고 배우들 죽창을 들고 일어서서 농민군가를 부른다.

농민군가 (With 코러스)
일어나자 일어나서 달려가자 달려가서
우리가슴 맺힌 한을 모두 떨쳐 버리세
달려가자 달려가서 날아가자 날아가서

우리들의 빼앗긴 꿈 모두 찾아 오세나
넘어진들 어떠리 쓰러져도 좋구나
북풍에 얼은 가슴 남풍 불 때 녹이고
실패한들 어떠리 죽음인들 어떠리
허기진 배고픔은 자장가로 달래보세
일어나자 일어나서 달려가자 달려가서
잃어버린 우리인생 모두 찾아 오세나
달려가자 달려가서 날아가자 날아가서
사람으로 사람다운 밝은 세상 살아보세

강한 음악과 함께 조명 F.O 되면서 무대 회전한다

4

무대 다시 밝아지면 전장의 배우들 모두 왕복, 귀족복을 걸쳐 입은 채 3장 끝 위치에 서 있고 배우6(명종) 단 위쪽에 배우7(문극겸), 8(정중부)은 단 밑 계단에 배우3(염신약)는 무대중앙에 각각 서 있다.

배우6(명종) 아니, 도적떼가 관아를 습격하여 파행케 하다니?

배우3(염신약) 적당패의 수괴는 공주 인근 두메산골에 사는 망이, 망소이라는 형제놈이옵고 공주현 예하의 대여섯 개 고을 백성들이 모두 그 적당패와 합세하여 그 자를 따르고 있다 하옵니다.

배우6(명종) 참으로 해괴망측한 일이로고… 아니 군사도 아닌 백성들이 도적괴수를 따르다니….

배우7(문극겸) 아뢰옵기 황송하오나 지방관리들의 수탈로 허기진 백성들은 관아곡간을 부수고 곡물을 분배해야 한다는 괴수의 말에 현혹되어 부지중에 저를 따를 뿐이옵고 이후 정황에 대해서는 아직 상고된 바가 없사옵니다.

배우6(명종) 모두가 짐의 부덕한 소치로다. 부덕한 짐의 소치야! 아직껏 서경 반역 도당들의 반란 또한 진압치 못한 터인데 어찌 또 한쪽에선 도적떼들의 봉기라니….

배우8(정중부) (약간 말을 더듬으며) 신 문하시중 정중부 아… 아뢰옵니다.

화, 황상께오서는 너무 심, 심려치 마시오소서. 이… 이번 공주관아 사태는 서경괴수들의 바…반란과는 달리 한낮 도… 도, 도적떼들의 소행인지라 우리 조, 조원정 장군의 휘하 군사들로 하여금 저 적… 적당패들을 토벌하라 이르겠사오며 서경반란 진압을 위해서는 이… 이미 윤인첨과 두… 두두을 장군을 파견토록 했사옵니다.

배우7(문극겸) 황상폐하, 신 승선 문극겸 감히 폐하께 아뢰옵니다.

배우6(명종) 말해 보시오!

배우7(문극겸) 예로부터 백성은 나라의 근본이니 근본이 바로 서야 나라가 국태민안이 될 수 있다 했사옵니다. 이번 공주변란은 백성들이 도적의 괴수와 합세했다는 상서의 글만으로는 저들을 단순히 도적으로 치부하기에는 옳지 않다 사료되옵니다. 하오니 토벌에 앞서 먼저 조정에서 선유사를 파견하여 그곳의 올바른 정황을 소상히 파악함이 선행되어야 할 줄로 아옵니다.

배우3(염신약) 신 또한 승선대감의 주청에 일리가 있다고 사료되옵니다. 지금 황도의 정예군이 서경 반란군과 대치하고 있는 상황이옵니다. 병권을 나눔은 오히려 해가 될 수도 있사옵니다. 통촉하여 주시오소서!

배우6(명종) 오호 통제로다!

강한 음악과 함께 조명 F.O

5

다시 무대에 희미한 조명이 비출 때 배우6(명종) 긴 그림자를
드리우며 무대 중앙에 서 있고 우편 상수에 의복 색깔을 달리
한 배우5(경대승) 역시 긴 그림자를 드리우고 서 있다.

배우5(경대승) 신(臣) 사심관 경대승 황상폐하의 부름을 받자와 대령하
였나이다.

배우6(명종) 그대 형상이 과시 중서시랑 평장사였던 자네 부친의 형
상과 역력하구나. 그대는 진정 하늘 아래 땅이 있듯이
짐의 신하로서 충성을 맹세할 수가 있다 했는가?

배우5(경대승) 하늘을 두고 맹세할 수가 있사옵니다.

배우6(명종) 그러하다면 그대 충정으로 짐의 허물을 고할 수도 있겠
느냐?

배우5(경대승) 신하된 도리로서 어찌 하늘 같으신 황상폐하의 허물을
고할 수 있으리오마는 민심은 천심이라 했사오니 황상
폐하께 민심은 고할 수 있사옵니다.

배우6(명종) 그러하다면 정직히 고하라. 무엇이 민심이고 무엇이 천
심인지를… 그리하면 그 안에 짐의 허물 또한 드러나질
않겠느냐!

배우5(경대승) 아뢰옵기 황송하오나 신이 들은 바 지금 백성들 사이에
서는 이 나라 조정에는 말더듬이가 언로를 이끌고 소경

이 천문을 살핀다는 말이 떠돌고 있다 하옵니다.

배우6(명종) 무어라? 말더듬이가 언로를 이끌고 소경이 천문을 살펴

다니…?

배우5(경대승) 황상폐하! 이는 실로 조정대신들을 두고 하는 말로서 폐

하의 성덕을 가로 막고 온갖 술책으로 자신들의 이권만

을 탐하는 조정관료들에 대한 백성들의 원성이옵니다.

통촉하여 주시오소서.

배우6(명종) 가슴이 답답하구나. 억장이 무너지듯 답답해… 내 비록

저 자들에 의해 보위에 오른 허수아비 왕이라 하나 분명

하늘이 점지해주신 백성의 아비이거늘 수하에 있는 조

정대신들 하나 제대로 점거하지 못하다니….

배우5(경대승) 그렇지 않사옵니다. 황상폐하! 그 누가 뭐라 해도 이 나

라 어버이는 황상폐하이옵고 또 궐내에는 황상을 따르

는 조정대신들과 궁인들이 전혀 없는 것이 아니오며 궐

밖에는 백성들이 있사옵니다. 하오니 심성을 굳게 하시

오소서

배우6(명종) 허면 내 어찌하면 좋단 말인고?

배우5(경대승) 먼저 황상폐하를 농단하는 권신들을 내치시고 모든 정

사에 있어서 민심에 귀를 기울이심이 좋을 듯 싶사옵니

다 폐하!

배우6(명종) 그것이 문제로다. 모든 뜻있는 권신들은 한결같이 그대

와 같은 직언을 내게 고하나 과인의 뜻이 조정 밖 백성

에게로 나갈 수도 없으려니와 궐내에서조차도 실현될

수가 없으니 장차 이 일을 어쩌하면 좋단 말인고!

배우5(경대승) 하오면 폐하! 어느 때까지 그리하시려는지요? 촌각이 여삼추하여 때가 지나면 시기를 되돌릴 수가 없사옵니다.

배우6(명종) (사이. 의연하게) 그렇다면 그대가 과인을 도울 수 있겠는가?

배우5(경대승) 신, 미천한 목숨이오나 황상폐하를 위한 일이라 하옵시면 기꺼이 내어드릴 각오가 되어 있사옵니다.

배우6(명종) 그렇다면 됐다. 과인은 장차 그대를 견룡행수로 봉할 것인즉 우선은 나라 방방곡곡을 민행하면서 민심이 어떠하고 저들의 생활고가 어떠한지를 소상히 파악하여 짐에게 고하도록 하라! 먼저 도적들에 의해 시도되고 있다는 공주변란에 대해 그 진의 여부를 살펴 고하라. 그리할 수가 있겠느냐?

배우5(경대승) 본부 받자와 황명에 목숨을 다할 것이옵니다.

무대 강한 음악과 함께 무대 회전하면서 조명 F.O

6

무대 서서히 밝아지면 계단 우측 끝자락에 배우2(분이), 배우4(망소이)가 걸터 앉아있다. 간간히 까치 울음소리.

배우2(분이) 워메, 벌건 대낮에 웬 까치 울음소리래? 귀한 손님이라도 올라는가부네?

배우4(망소이) ….

배우2(분이) 허기사 뭔 귀한 손님들이것어. 관아놈들이나 올라와서 또 온동네 뒤집고 가겠지 뭐! 못돼 처먹은 놈들 지들은 웬갖 그릇된 짓만 골라하고 없는 사람네 등골 빼먹고 다니면서 우덜이 뭘 잘못했다고시리 마을 남정네들을 죄다 오라줄이래….

배우4(망소이) ….

배우2(분이) 우봉산 골째기로 몸 피한 오라비가 벌써 닷새째쯤 된 기여?

배우4(망소이) (멍하니 하늘만 응시)

배우2(분이) 왜 그러는디… 왜 자꾸 물어싸도 대답을 않는 기여?

배우4(망소이) 이레 째여!

배우2(분이) 워메, 참말로 한참됐구면… 오라비가 싸간 옥쐬기랑 무밤 말랭이는 여적 안 떨어졌을라나?

배우4(망소이) (역시 먼 산을 응시하며) 분이야!

배우2(분이) (활짝 반가움에) 왜!

배우4(망소이) 우리 형아가 먹는 것이 부실혀서 산송장 매냥 거죽만 남았것제… 워쩌냐….

배우2(분이) 야는 맨날 날 다정스레 불러놓고는 항상 딴말뿐이여!

배우4(망소이) 놈들에게 들키지 말어야 할 텐디….

배우2(분이) 설마 들키기야 허겄어! 오라비가 월매나 날쎈디….

배우4(망소이) (갑자기) 가, 가만… 좀 조용혀봐!

배우2(분이) (놀라며) 옴마야, 왜 그러는겨?

배우4(망소이) 쉬! 가만…. (주변을 두루 살핀다)

배우2(분이) (배우4 등 뒤에 붙어서) 오메, 무서워 죽겠네… 뭔 일인기여?

배우4(망소이) (배우2를 이끌고 소나무 뒤로 숨으며) 아, 글씨 조용히 좀 허라니께 그러네, 이리루 와 얼릉!

배우2(분이) (무서워 떨며) 뭐여, 범이라두 나타난 기여?

배우4(망소이) (배우2의 입을 틀어 막으며) 쉬! (계단 뒤로 몸을 숨긴다)

잠시 후 삿갓을 쓰고 허름한 등짐을 진 배우5(사나이) 무대 중앙으로 조심스럽게 등장. 주변을 두리번거리다가 힘에 겨운 듯 계단에 걸터앉아 이마의 땀을 훔친 뒤 짚신을 벗고 발을 주무른다. 그러다 갑자기 주위를 두리번거린다. 그리고 지팡이로 된 검을 집어든다.

배우5(사나이) 거기 솔나무 뒤에 숨어있는 자가 뉘시오?

잠시 침묵, 산새 울음소리.

갑자기 배우4(망소이) 재빠르게 몸을 회전하여 배우5(사나이) 우편으로 가면 배우5(사나이) 역시 몸을 세 번 회전하며 배우4(망소이) 앞에 선다.

배우5(사나이) 누구냐고 묻질 않더냐?

배우4(망소이) (긴장하며) 댁이야말로 뉘시유? 지… 지는 이곳 숯뱅이골에 사는 사람인디… 뭣 땜시 그런데유?.

배우5(사나이) 숯뱅이골? 아니, 그럼 예가 바로 사는 형편이 어려워 학이 대신 울어준다는 그 명학소 숯뱅이골이란 말이더냐? 옳거니, 바로 찾아왔구나. 그런데 왜 사람을 보고 솔나무 뒤로 숨었드냐?

배우4(망소이) 그… 그거야 낯선 과객이 수상한 거동으로 이 재를 넘어오니께 뭔일인가 싶어 숨었던 게쥬! 혹시나… 개경군사가 아닌가 싶어….

배우5(사나이) 하하하! 보아하니 아직은 젊은 연령대 같은데, 난 개경군사가 아닐세. 내 무슨 연유가 있어 이곳 명학소 사람들을 만나러온 임천에 사는 이가라는 사람일세. 자네 이름은 무엇인고?

배우4(망소이) 그… 그건 알아서 뭐하시게유?

배우5(사나이) 자네 움직임이 매우 빠르더구나. (갑자기 지팡이에 손을 대고 옆을 응시하며) 저 뒤에 자네 말고 또 누가 있었든가?

배우4(망소이) (머뭇거린다)

배우5(사나이) (긴장을 풀며) 이제 그만 나오시게 처자!

배우4(망소이) (흠칫) 아니? 처자인줄 어찌 아셨대유? 부, 분이야 그만 이리루 나와!

배우2(분이) (짚신을 입에 물고 덜덜 떨며 나온다. 그리고 황급히 배우4 등 뒤로 몸을 숨긴다)

배우5(사나이) 하하하! 처자도 이곳 숯뱅이골에 사는 처자이드냐?

배우4(망소이) 그… 그런디유!

배우5(사나이) 참 곱구나. 자네 아우인가 보구나.

배우4(망소이) 아닌디유. (배우2를 힐끔 쳐다보며) 장차 지 각시될 처잔데유!

배우5(사나이) 그래? 하하하 참 복두 많구나 저렇게 예쁜 처자가 각시가 될 거라니! 자! 이제 그만 긴장을 풀거라. 나는 나쁜 사람이 아니다. 그러니 어서 마을까지 길잡이를 좀 해다오.

이때 좌우 중앙으로 또 다른 삿갓 쓴 검객 차림의 그림자들이 숨어있다가 모습을 드러낸다. 무대조명 F.O

7

중천에 하현달이 뜨고 별들이 반짝인다. 무대 다시 희미하게 조명이 비추면 계단 중간 끝자락에 배우3(노인)과 4(망소이)가 바닥에 앉아있고 배우5(사나이) 계단 첫머리에 앉아있다.

배우3(노인)   그 그렇께 댁들은 우덜 농민군덜을 돕고자 양광도서 내려온 서경군이란 말이지유?

배우5(사나이)   그렇다네. 우리는 조위총 어르신과 뜻을 함께 하고 있는 서경군으로서 조위총 유수나리의 명을 받들고 이곳을 찾아 온 것일세.

배우4(망소이)   그, 그러면 뭔 일들이래유? 우덜헌테 뭔 볼 일이 있다고 이 누추한 곳꺼정 찾아왔는감유?

배우5(사나이)   유수나리께옵서는 이곳 명학소에서 망이라는 산행병마사가 의거하여 농민군들을 규합했다는 소문을 들으시고 우리 서경군과 합세하여 조정의 악덕잔당들을 몰아내고 새로운 왕위를 보위하여 국태민안을 공히 함께 이루자는 뜻을 하명하셨기 이에 그 뜻을 전하기 위함이지.

배우4(망소이)   뭐시래유? 새… 새로운 왕위를 워찌하라 했다구유?

배우5(사나이)   새 임금을 보위하고 새 궁내를 조정입각하여 나라의 국태민안을 기하자는 말씀이라네!

배우3(노인)   워매 참말로 엄청난 소릴 하시는구먼유! 지들이 뭔 심이

있다구 어르신들 같은 훈련받은 군사들과 심을 섞는대
유? 그라구 또 새 임금 보위는 뭐시구유?

배우5(사나이) 그보다 먼저 망이 산행병마사라고 부르는 그 사람을 우
리가 만날 수가 있겠는가?

배우4(망소이) 그 글씨유! 우리 성님은 지난 보름 바로 뒷날에 난데없
이 기습해온 관군들을 피해 지금 조기 먼 데에 잠시 피
신해 있는디유… 정이나 급허시면 지가 반나절 걸음으
로 달려가서 기별은 헐 수 있겠구먼유! 헌데 참말로 댁
네는 서경군들이 맞는 거쥬?

배우5(사나이) 그렇다네. 나는 소문을 들어 아는지 모르겠지만 유수나
리를 보좌하고 있는 서경좌수 아래 군장일세!

배우3(노인) 워메 그렁께 그 뭐시냐? 자비령 고갯턱에서 이의방 군
사들을 진멸시켰다는 바로 그… 그 서경좌수시란 말씀
인감유? 어이구. (모두 엎드려 절을 한다)

배우5(사나이) 아니 그 서경좌수를 모시는 군장일세! 내 이곳 명학소는
너무 외진 곳이라서 모다 나랏일에는 소문이 어둡다 여
겼거늘 어찌 그리 명확히 아는지 정말 놀랍네 그려?

배우4(망소이) 지덜같이 천것들은 문자는 까막눈들이지만 귀는 밝아
귀동냥으로 사는구먼유! 참말로 어르신네가 서경좌수
의 군장이시라면 비록 누추하지만 예서 하룻밤 지내시
면 지가 싸게 성님 있는 곳으로 달려가서 기별을 하고
올 수 있겠구먼유!

배우5(사나이) 기특하구나 그래 줄 수 있겠는가?

이때 배우1(망이) 긴 그림자를 드리우며 삿갓을 쓴 채 무대 우
수 중앙에 서 있다.

배우1(망이)　　그럴 필요가 없구먼!

배우4(망소이)　아니 성님… 원제 오신 거여유?

배우5(사나이)　(배우1 망이를 바라보며) 성님이라면? 그… 그대가 망이라는
　　　　　　　　바로 그 산행병마사란 말이요?

배우1(망이)　　그렇습니다요! 먼 길 오시느라 고생이 많으셨습니다.

배우3(노인)　　아니… 자네 원제 이곳에 온 기여? 아직 때가 이른 것
　　　　　　　　같은데….

배우1(망이)　　심려 끼쳐드려 죄송혀유. 실은 지도 좀 전에 와서 영감
　　　　　　　　님하고 저 군장어른께서 나누시는 말씀들을 저 나무 뒤
　　　　　　　　에 숨어서 죄다 들었구먼유!

배우5(사나이)　그렇다면 다행이구려! 우리의 뜻을 다시 피력할 필요가
　　　　　　　　없으니까… 그래 어찌 결심을 하시겠소? 우리 서경군과
　　　　　　　　연합하여 조정을 쳐부수고 새 왕을 보위하는 일에 동참
　　　　　　　　하시겠소이까?

배우1(망이)　　그리 쉽게 답할 일이 아니구먼유! 지들은 본래 허기진
　　　　　　　　배 움켜잡고 사는 소사람들잉께 빼앗긴 우덜 양식을 되
　　　　　　　　찾고자 힘을 모은 것이지 결코 나랏일에 반역코자 일을
　　　　　　　　꾸민 것이 아니니께유!

배우5(사나이)　뭐요? 그렇다면 장군이 이끄는 농민군들의 거사가 정녕
　　　　　　　　나라조정을 뒤엎고자 하는 거사가 아니었단 말씀이요?

28

배우1(망이) 듣기 민망스럽네유! 지는 장군도 뭐도 아닌 천하디 천한 숯을 굽는 소사람잉께 군장나리께서는 우선 말씀을 하대하시면 편하겠구먼유!

배우5(사나이) 지금 그런 신분이 중요한 것이 아니외다. 정녕 그대들의 이 엄청난 거사의 진정한 뜻이 무엇인지를 내게 소상히 말해주시요?

배우1(망이) 거듭 말씀 올립니다만서도 지들은 나랏일에 뭐가 옳은지 그른지를 알지 못하옵고 다만 굶어 죽어가는 내 부모 내 새끼 내 식구들을 살리고자 양식을 구함에 있고 또한 천것들도 사람잉께 사람으로 사람답게 살 수 있게 해달라는 그 정당함을 얻기 위함뿐입니다요.

배우5(사나이) 정녕 그것뿐이요? 이거야 말로 듣기 민망스러운 답변이구려! 나라가 있으니 백성이 있는 거고 백성이 있으니 왕이 있음이거늘 지금 왕위가 허탈하여 백성이 보이질 않고 나라의 흥망성쇠가 백성을 옥죄이니 그릇된 왕을 처단하고 백성의 안위를 굳건히 하여 나라의 국태민안을 이루자 함에 있어서 어찌 먹고 목숨 부지하는 양식만을 구한 거사란 말이요!

배우1(망이) 나리의 그 뜻을 모르는바 아니지만서도 지들이 듣고 자란 사람의 됨됨이란 제 부모 봉양하는 효가 으뜸이요 제 피붙이 건수하는 도리가 다음이옵고 나라임금께 대한 충성 또한 마땅히 해야 할 근본이라 했습지요. 하오나 배움이 없어 무엇이 진정한 충성이온지는 분별함이 모자란지라 먼저 효를 이행코자 거사가 아닌 봉기를 한 것 뿐이구먼유.

배우5(사나이) 알겠소! 하지만 지금 조정에서는 정중부란 말더듬이 문하시중이 허수아비 왕을 등에 업고 천하를 호령하고 있어 그 수하에 있는 난신적자들의 횡포가 이만저만이 아니요. 이에 우리는 그 정중부 일당의 권세를 무너뜨리고 새 왕을 보위하여 국태민안을 꿈꾸는 것이옵기에 이렇게 조위총 어른의 뜻을 받들고 온 것이니 행여 차후라도 뜻이 생기면 우리 쪽으로 사람을 보내 기별을 주시오. 아마도 개경 남쪽인 이곳 농민군들의 힘과 서북쪽 우리네 서경군의 힘이 공히 합쳐진다면 국태민안은 시간문제일 테니까 말이외다.

이때 다급한 북소리가 멀리서 울려 퍼지고 모두 긴장을 한다.

배우4(망소이) 성님! 갑내 건너 둔지미 아래 갈마 주막꺼정 다시 관군들이 몰려온 것 같구먼유!

배우1(망이) 겁낼 것 없다 이미 예산 땅에서 손청 장수가 그리고 홍주 해미골에서 이광 소상어른이 천여 명의 농민군들을 규합하여 내가 숨어 지내던 우봉산 근처로까지 와서 진을 치고 있다. 허니 소이 너는 어서 이 어르신들을 뒷산 동굴 통로로 해서 안전하게 뫼셔다 드리고 우봉산으로 오너라. 내 거기서 기다릴 테니….

배우3(노인)   그럼 우덜은 워찌해야 쓰것는감?

배우1(망이)   영감님은 급히 아이들과 아낙들을 모아 삼천내를 건너 회덕읍내 쪽으로 피신시켜 주시면 좋겠네유! 마침 물살이 그다지 세지 않더구먼유! 자, 소이야! 어서 어르신들을 안전하게 모시거라.

배우5(사나이)   망이 산행병마사! 내 그럼 좋은 기별을 기다리겠소. 모두 몸조심들 하시요!

배우들 급히 움직일 때 조명 Out 되고 강한 음악과 전투장면의 효과음이 크게 울려 퍼지면서 뒷배경 영상막에 실루엣으로 전투장면이 보여진다. 그리고 실루엣 영상 F.O 되며 무대 회전된다.

8

다시 무대 밝아지면 4장과 같이 왕복을 걸친 배우6(명종) 단 위
쪽에 서 있고 역시 대신복을 걸친 배우9(대신), 8(정중부)은 단
밑 계단 위에, 배우5(염신약), 7(문극겸)은 평무대 위에 각각 서
있다.

배우9(대신) 황상폐하! 급보이옵니다

배우6(명종) 무슨 내용인지 어서 소상히 고하라!

배우9(대신) 지금 공주 관내에서 파생된 적당패들의 파행은 예산현
백성까지 합세하는 결과를 초래하여 남도뿐 아니라 양
광도 도적무리까지도 가세하였고 예산관아와 홍주관아
그리고 현에 속한 열두 고을 모든 관아가 봉변을 당했다
하옵니다.

배우6(명종) 무엇이라?

배우9(대신) 아뢰옵기 황송하오나 저들은 지금 비록 갑주는 입지 않
았사오나 조련된 황도군사의 정예군 못지않은 군율이
있사옵고 노도와 같은 기강이 있어 그 기세로서 관아를
습격하고 있다 하옵니다.

배우8(정중부) (배우9에게) 더… 더 두고 볼 것 없네! 지… 지금 곧 상장
군의 지휘 하에 토, 토벌군을 조… 조성해서 적당패들이
화, 황도에까지 도달하기 전에 놈들을 진압토록 하게나!

배우7(문극겸) 그리하면 아니 되오!

배우8(정중부) (배우7을 노려보며) 아, 아니 되다니! 스… 승선은 무슨 말씀을 그리하시오?

배우7(문극겸) 문하시중, 그리하면 아니 되오! (배우6에게) 황상폐하! 문하시중의 명을 거두게 하시오소서! 나라의 근본은 백성이라 하지 아니 하였사옵니까! 지금 황도군사들을 파견케 하시오면 굶주려 도탄에 빠져 단순히 가담하게 된 많은 백성들의 희생이 따르게 될 것이옵니다. 그리하면 외적이 아닌 황상폐하의 군사로 하여금 그리되었다고 하는 원성이 더욱 높아질 것인즉 차라리 회유책을 강구하심이 옳을 듯 하옵니다.

배우6(명종) 회유책이라니? 그 무슨 말이오?

배우7(문극겸) 화친책이라 함이 더 옳을 듯 싶사옵니다. 이는 물길 흐름을 바로 잡고자 함이온데 저들의 소행은 필시 관의 과도한 토세 약탈로 인한 배고픔에서 시작된 것이온즉 먼저 적당패의 주모자에게 황명을 전달하시어 관아탐관들을 징치하고 관아 곡간을 열어 백성들에게 곡물을 하사하신다 하여주소서. 아울러 저들이 병기를 버리고 생업으로 돌아가면 이번 봉기를 불문에 부친다 명하시오면 저들 민심의 불길이 잡힐 것이옵니다.

배우3(염신약) 신 또한 승선대감의 뜻과 같사옵니다. 더불어 첨가하올 것은 저들은 지금 천민 대우를 받고 있음에 원한을 품고 있을 것이온즉 이번 봉기의 근원지인 명학소에 현령을 파견하시어서 소를 현으로 승격시켜 줌으로서 저들로 하여금 황상폐하의 성은에 머리를 조아리게 하심이 옳을 듯 하옵니다.

배우6(명종) 무어라? 현령을 파견하고 소를 현으로 승격하라고… 이 또한 무슨 계책인지 좀 더 소상히 고하시오.

배우3(염신약) 아뢰옵기 황송하오나 소(所)라 함은 천민들의 집단지로 노동의 생산지를 일컫는 고을을 칭함이온데 저들은 지금껏 관아의 탄압과 억눌림 속에서 황상폐하의 성은과 멀리하여 살아온 자들이옵니다. 하여 이번 반란을 계기로 황상폐하의 하늘 같은 은총을 저들에게 베푸신다면 저들은 이 후로도 반란을 꾀하지 않을 것이오며 황상폐하의 은덕에 감격하여 살아갈 것이옵니다.

배우6(명종) (좌우를 둘러보며) 중신들은 어찌들 생각하시오?

배우3(염신약) · 7(문극겸) (조아리며) 신들의 뜻도 같사옵니다.

배우6(명종) 중신들의 공론이 그러하다면 그리하시오. 이번 봉기의 근원지인 명학소를 나라에 충성하고 황명에 복종하는 고을이라 하여 충순현이라 명하고 중신들은 공론대로 화친책을 마련하여 저들로 하여금 회유토록 하시오!

배우3(염신약),7(문극겸) 황은이 망극하옵니다.

강한 음악과 함께 무대조명 F.O 되고 무대 다시 회전된다.

9

삼경에 즈음하여 둥근 달이 떠있다. 잠시 후 계단을 내려오는 배우2(분이), 9(아낙1), 6(아낙2), 7(망이모) 모두 각시탈을 쓰고 죽창을 하나씩 들고 있다.

배우7(망이모) 모두 애들 썼네 그려, 남정네도 아니고 아녀자들 몸으로 요로콤 밤마다 뫼방을 슨다는 것이 워디 쉬운 일인감!

배우9(아낙1) 아 근데 성님! 우덜이 원제까지 요로콤 뫼방을 서야 한데유? 아, 나라 임금님께서 우덜 마을을 충순현이라고 했다면서 우덜이 계속 이래야 하는감유?

배우6(아낙2) 아 고것은 말뿐이제. 마을 이름이 바뀌었다고 시상이 바뀌는감. 남정네들 야기를 들응께 아적까진 쬐매 더 두고봐야 한다더구먼.

배우9(아낙1) 공주 관아에서는 군장들이 우덜한테 이를 갈고 있다던 디유!

배우6(아낙2) 오메, 그게 뭔 소리여? 우덜이 병장기를 내려놓으면 작년에 거두지 못한 곡식꺼정 채워주고 당분간은 토전도 삭감해준다던 놈들이 뭔 웬수졌다고 우덜헌테 이를 간다는 기여?

배우9(아낙1) 글씨 지놈들이 우덜헌테 헌 짓거리는 생각도 않고 우덜 땜시로 지덜 몸땡이가 성헌 곳이 없다면서 훗날 시상이 또 변하는 날엔 가만두질 않겠다나 워쩐다나 아주 독설을 퍼붓드래유 글씨….

배우7(망이모) 냅두라고 혀, 지놈들 헌 짓꺼리는 하늘이 알구 땅이 아는 것잉께 그걸 모르면 그거시 인간이겄어!

배우6(아낙2) 뭔놈에 팔자가 이리도 고된지 모르것네유 하루 웬종일 일에 고되고 일 끝났다 싶으면 이래 뫼방에 고되고 거기다 야밤엔 서방헌테꺼정 시달려 고된 팔짠께… 어히구 기집년 팔자라더니….

배우9(아낙1) 아, 성님! 성님은 시방 누굴 약올리는거유 뭐유? 서방 없는 년 앞에서 무슨 유세를 떠는감유? 참말로 서리벼 못 살것네.

배우7(망이모) 거 입조심들 혀? 애들 듣는 앞에서 함부로 지껄이지들 말구!

배우9(아낙1) 어메메, 큰 성님두 참… 아 분이두 이자 알거 죄다 알아유! 곧 새 색씨 될 몸인데 그걸 모르고 시집 갈라구유!

배우7(망이모) 아니 이 여편네가 글씨….

이때 어디선가 소쩍새 울음소리.

배우6(아낙2) 히히히… 근데 워쩌… 이동상 맴 허전허게시리 뭔 달이 저리도 둥글데유! 그리고 아까부터 왠노메 소쩍새가 저리도 소쩍, 소쩍 울어댈꼬.

배우7(망이모) 아 잔말말구 어서 싸게싸게 내려가! 서방 안 기달려? 후

딱 시달리구 잠이라두 한숨 더 자든가 맨날 하품만 해싸 대지말구!

배우6(아낙1) 아이구 성님두 참….

배우7(망이모) (배우2에게) 우리 먼저 싸게 갈 텡께 닐랑 달구경이나 하고 천천히 오너라이.

배우2(분이) (얼굴 붉히며) 아, 아줌씨!

아낙들 한바탕 웃어대며 퇴장한다. 배우2(분이) 머뭇거리는 사이에 계단 뒤에서 배우 4(망소이) 나타난다.

배우4(망소이) 분이야!

배우2(분이) (각시탈을 벗으며) 아, 뭔노메 소쩍새가 그렇게 거칠게 울어 대는기여! 동리 아줌씨들이 죄다 눈치채게시리.

배우4(망소이) 오늘 많이 힘들었지? 쬐메만 기다려봐야. 인자 곧 엄니가 난리 봐감서 금방 날더러 니 머리 얹어주라고 했 응께.

배우2(분이) 얼레 머리만 올려준다고 뭐 고되지 않을 끼여! 니 색씨 되도 요로콤 아줌씨들처럼 매일밤 뫼방을 서야할 거인 데….

배우4(망소이) 아, 그것도 잠깐 뿐이랑께… 아직은 서경군이 저렇게 버 티고 있응께 그러제, 곧 서경군이던 황도군이던 어느 한 쪽의 사기가 꺾이믐 우덜도 이 짓꺼리를 고만둘 텡께….

배우2(분이)	조금 전 아줌씨들이 그러는디 여자팔자는 고된 거라데. 낮엔 일에 고되고 밤엔 서방헌테 고되고…그게 여자 팔자라데. 니는 내한테 그럼 안 돼야 알았제?
배우4(망소이)	너 고것이 뭔 말인지나 알고 그러는기여?
배우2(분이)	바보 같으니라구…!
배우4(망소이)	(배우2를 끌어 안으며) 그려, 내는 니를 꼭 지켜줄 끼여. 하늘과 땅이 뒤바꿔두 내는 니만을 좋아할 꺼구 또 니를 지켜줄 탱께… 그렇게 니두 내만 믿구 절대로 약해져서는 안 되는구먼! 니는 산행병마사 아우의 색씬께말여… 알있제!
배우2(분이)	(배우4 품에 안긴다)

둥근달과 별들이 몹시도 아름답다. 서정적인 음악과 함께 조명 F.O

10

강한 음악과 함께 조명 F.I 되면서 무대에 등장하는 대신복장과
탈을 쓴 배우2(대신1), 배우3(대신2), 대신8(정중부)

배우8(정중부) 저… 적당패거리들이 집단 거주하는 며, 명학소를 충순
현으로 스, 승격하라니… 그것이 말이 되는가? 아 아무
리 나라 꼴이 이러하다해두 그럴 수는 없는 게야!

배우9(대신2) 지당하신 말씀이십니다. 달리 어떤 방도를 강구해야지
황상의 명만으로는 조정이 온통 조롱거리가 될 겝니다.

배우3(대신1) 그러합지요. 황상은 황실의 존재로 보위를 지키면 그만
일 것을 어찌 여기 문하시중나리께서 계시온데 사사로
운 지방관아의 일까지 관여하시려 하는지 내 참! 알다가
도 모르겠더이다.

배우8(정중부) 무… 문제는 문승선과 여 염신약이 문제인 게야! 허구
헌날 조정에서 나라 실정을 모른 체 주자학만 가지구 화
황상의 혜안을 어둡게 마… 만들고 있으니 내 원참!

배우9(대신2) 하오면 문하시중 나리께옵서는 이번 황명을 어찌 조정
하시렵니까? 황명을 따라 명학소를 충순현으로 승격시
키시렵니까? 만일 그리된다면 다른 지방의 모든 소에서
들 가만히 있을라구요! 아무리 생각해봐도 대안이 없는
황명이십니다.

배우3(대신1) 그러니 계책을 세우자는 것 아니오니까?

배우8(정중부) 계책이고 말고 하, 할 것도 없네. 내 이번 일은 화, 황상 앞에서건 어디서건 책임을 질 것인즉 그, 그대들은 처, 처음 우리의 계획대로 미, 밀어 붙이게나!

배우3(대신1) 하오시면 황도군을 모으라는 말씀이오니까?

배우8(정중부) 그러하게! 내 무, 문극겸, 염신약이의 주청이 그릇 되었음을 아… 알게할 것인즉 자네는 비, 비밀리 앞으로 열흘 안으로 화, 황도군 정예병사 삼천을 모아 가지고 고, 공주현으로 내려가서 그 며, 명학소인지 뭔지 하는 곳을 화, 확실히 초토화시켜 버리게, 그… 그리고 평민이고 천것이고 가림 없이 우리를 대, 대적하는 놈들은 모, 모조리 전멸해버리게나.

배우9(대신2) 현명하신 판단이옵니다. 제깐 천것들이 감히 조정을 업수이 여기고 반란을 꾀하다니요… 나라 무서운 줄을 알게 해야만 또 다시 이런 반란이 일어나지 않을 겝니다! 그럼 본부 받자와 대장군 정세유를 좌도병마사로 또 이부를 우도병마사로 하여 저희가 직접 출정을 하겠습니다. (배우3에게) 자, 그럼 상장군! 문하시중 나리께서 본부하신 대로 어서 시행하십시다!

배우3(대신1) 알겠습니다. (배우8에게 인사를 하고 배우2,3 퇴장)

배우8(정중부) (음흉한 웃음을 지으며 서 있다)

조명 F.O 되면서 강한 음악이 울려 퍼진다.

11

무대 다시 희미하게 밝아오면 중계단 단상에 배우1(망이)과 4(망소이)가 조촐한 술상 앞에 앉아있다. 음악이 구슬프게 흐른다.

배우4(망소이) 성! 진정 이대로 모든 것을 중지하고 황명을 따를 것인감유?

배우1(망이) 백성은 나라의 근본잉께 나라의 어버이신 황명을 좇음에 있어 어찌 다른 모사가 있을 수 있겄냐!

배우4(망소이) 허지만 조정대신 모두가 난신적자라 들었거늘 어찌 저들을 믿을 수가 있어야지유!

배우1(망이) 그래도 황상을 뫼시는 조정대신들이 아니겄냐! 그렁께 불신할 수는 없는 거잖여.

배우4(망소이) 그치만….

배우1(망이) 소이야! 알잖여 우린말여 우덜이 뜻하던 바를 요맹큼이도 이루었응께 이쯤에서 그만 두는 것이 옳을껴!

배우4(망소이) 아니 그럼 성은 우리가 또다시 숯이나 구우며 근근이 살아가는 두메촌 탄쟁이가 되잖말인감유?

배우1(망이) 나는 말여 내 스승님으로부터 참으로 귀한 가르침을 받았다고 하잖트냐! 사람은 본시 자신에게 주어진 인생의 근본에서 하늘의 뜻을 거슬리지 않고 나라의 은덕을 가슴에 새기면서 말여… 자신의 소임을 다하고 더한 욕심을 부리지 않으면 그것이 바로 국태민안이 되는 거고 그 사는 곳이 무릉도원잉겨. 그렇게 우덜은 본시 우덜이 살아왔던 그 자체로 돌아가는 것이….

배우4(망소이) (말을 가로채며) 지는 그렇게 생각지 않구먼유… 언젠가 성이 그랬잖유! 먹고 싶을 때 먹을 수 있고 입어야할 때 의복 챙겨입고 자손들에게도 사람 사는 이치를 일깨울 수 있도록 배움을 줘서 사람이 사람답게 살아가는 세상을 만들어야 한다구유….

배우1(망이) 틀린 말 아니잖여 내 그래서 그리 말했등겨! 우덜이 힘써서 일한 만큼 얻어진 것 갖고 우덜이 쓰고잖은거 아쉬운 듯해도 자기 분수껏 쓸 수 있는 세상에서는 그 모든 것이 가능한기여! 이제 나라 임금님이 우덜한테 그런 세상을 약조하신 것이 아니겠냐! (이때 배우3(농민군), 배우7(망이모), 배우9(망이처) 함께 등장)

배우3(농민군) 산행병마사 안에 계신겨?

배우4(망소이) 무슨 일이래유?

배우3(농민군) 모친께서 오셨구먼!

배우1,4 (서로 얼굴을 쳐다보며) 엄니께서….

배우4(망소이) ! (일어나 계단에 내려서며 배우7(망이모)를 맞이한다)

배우1,4 엄니….

배우7(망이모) 그려, 그려 참으로 용혀다 용혀, 고생들 많았제!

배우1(망이) 고생은 뭔 고생이래유! 그간 엄니 혼자서 고생 많으셨지유? 동네어르신들 모두 무고 하시남유?

배우7(망이모) 암만, 모다 니들 덕분이라고 꼭 그리 안부 전하라 했구먼!

배우1(망이) 자! 얼릉 안으로 들어가세유!

배우7(망이모) 그려 그려… (배우6에게) 아 참! 너도 상게 따라 들어오니라 어여!

배우4(망소이) 엄니 저 처자는 누군감유? (배우1,4, 배우7에게 절을 올리려한다)

배우7(망이모) 나가 아무리 니들 애미라고는 허지만 산행병마사인 니헌테꺼정 절을 받을 순 없는 기여!

배우1(망이) 엄니는 무슨 말씀을 그리 하신데유! 얼릉 앉기나 하세유! 하늘 아래 그런 법은 없응께!

배우1,4 함께 절을 올린다.

배우7(망이모) (절을 받고는) 어쨌든 용타, 용혀 나가 어찌 내 뱃속으로 니들을 낳았누! 정말 용혀! (배우9에게) 참! 이 사람이 인자 니 지아비될 사람잉께 얼릉 절을 올리거라!

배우1(망이) (어리둥절하며) 지아비유?

배우9 일어나 배우1에게 절을 올린다. 배우1 어색하게 절을 받고 어리둥절.

배우7(망이모) 이 시약씨가 인자부텀 니 각씬기여!

배우1(망이) 엄니…?

배우7(망이모) 한날은 야가 낼 찾아왔더라. 지는 갑내 건너 와촌골 색
씨라면서… 쟈 부친께서 죽으면서 니 색씨 되야 한다고
유언을 했다는 기여 그 말이 너무 반가버서 찬찬히 뜯어
본께 자색도 곱구 참혀서 내 덩실덩실 춤을 추덜 않았겠
냐! 그래서 이참에 아예 이리루 델구 온 기여!

배우1(망이) (당황해 하며) 허지만 엄니….

배우9(망이처) 소녀 성씨 임이옵고 아름이라 하옵니다.

배우1(망이) 아니, 성씨가 있음은 예사 집안의 처자가 아닐 텐데 어
찌 우덜 같은….

배우9(망이처) 아니옵니다. 소녀 부친의 함자는 병, 학이옵고 조부님의
명자는 종자 준자이옵니다.

배우1(망이) 아니 그러면 지 스승님이신 그 어르신의 손녀아씨…?

배우9(망이처) 소녀 조부님의 뜻 받자옵고 부친께서 임종 중에 명하신
지라 홀홀단신 갑내를 건너 왔나이다. 부디 거두어 주시
오소서!

배우1(망이) (더욱 당황해 하며) 아니 아씨!….

배우9(망이처) (다시 일어서며) 서방님! 다시 소녀의 절을 받으시어요!

배우7(망이모) 아니여! 재배는 산사람헌테 하는 법이 아닌 기여! 그리
고 우리네 소 사람들 혼례법은 그냥 서로 맞절 한번이면
되는 거니께 어여 망이 너도 일나 같이 절하거라. 마침
저기 술도 있구먼. 소이야! 저것 이리루 가져오니라!

배우1,9 일어서서 함께 맞절을 한다. 그리고 배우7이 건네주는 술을 나누어 마시고 다시 둘이서 배우7에게 절을 올린다.

배우7(망이모) 이젠 되았다. 나가 이제 눈을 감어도 원이 없게 되았네 그려. 소이 널랑은 분이가 있응께 이 난리 끝내놓고 갸 머리 올려주면 되는기구… 자 소이야! 인제 우덜일랑 자리를 옮기자. 니 성아 신방 꾸미게말여! (일어선다)

배우4(망소이) (기뻐하며) 그려유 엄니! 이 뭔 조화여 참말루 경사로구먼… 그럼 성님, 형수님! 좋은 꿈 꾸셔유!

배우1(망이) (주춤거린다)

배우4,7 계단을 내려와 우편으로 퇴장하려고 할 때 배우5(손청)와 8(이광) 등장.

배우5(손청) 이보게 망소이! 산행병마사 안에 계시는가?

배우4(망소이) 아니 들어가심 안 되는구먼유!

배우8(이광) 아니 왜?

배우4(망소이) 방금 엄니가 델고 오신 형수님허구 지금 합방 중이시구먼유!

배우5(손청) 그래! 허허 이거 정말 난감한 일이로고….

배우4(망소이) 뭔 일인데 그러신데유?

배우5(손청) 정녕 병마사께서는 조정과 화친을 맺고 병장기를 내려 놓으실 작정이시던가?

배우4(망소이) 실은 지도 좀 전에 그 의중을 나누었구먼유….

배우8(이광) 그래 의중이 어떠시든가? 병마사께선 뭐라 하셔?

배우4(망소이) 백성은 나라의 근본이니 황명을 따르는 것이 도리가 아니겠냐구 하시더구먼유. 또한 이참에 우리의 뜻을 달성했으니 본래의 소임을 다한 거라구….

배우5(손청) 이런… 이런! 병마사는 명학소를 충순현으로 승격시킨다는 조정의 약조를 믿고 계시는구먼.

배우8(이광) 황명이라 하니 아니 믿을 수도 없었던 게지….

배우4(망소이) 아니 그럼, 조정의 약조가 달리 바뀔 수도 있단 말인감유?

배우5(손청) 바뀌는 정도가 아니라 우릴 기만하여 무장을 해제시키고 초토화시키려는 계략일 수도 있단 말일세!

배우8(이광) 내일 아침 기침을 하시면 병마사께 전해 올리게! 나와 손청 장수는 이번 일에 병마사와 뜻을 같이 할 수 없노라고… 우리는 이제 더 지체할 수 없어 예산, 홍주 농민군들을 데리고 이 우봉산을 떠날 걸세. 그러니 생각을 달리하신다면 기별을 해주시라고 전하게….

배우4(망소이) 정녕 그리하신다면 지도 말릴 생각은 없구먼유… 지는 성님과 뜻을 같이 할 수밖에 없응게유!

배우8(이광) 그렇다면 할 수 없는 일이지! (배우7에게 읍하고는) 자! 그럼 어머니 저흰 이만 가보겠습니다. (퇴장)

배우4(망소이) (하늘을 우러러 보며 긴 한숨)

무대 암전과 함께 침울한 음악.

12

강렬한 음악과 함께 샤막으로 가려진 무대는 붉은 조명 속에 어지럽다. 천둥번개가 치고… 무대 배경막에는 영상 실루엣으로 전투장면이 나타나고 함성, 비명소리가 요란하다. 사람들의 애처로운 울부짖음─에코로─ 다시 샤막이 올라가고 무대가 밝아지면 초토화된 무대, 여기저기 연기가 솟아오르고 쓰러진 시체더미(인형들) 사이로 배우2(분이)가 쓰러진 배우7(망이모)를 끌어안고 흐느끼고 있다.

배우7(망이모) 분이야! 망… 이는 소이는 어디 있는… 기여?

배우2(분이) (흐느껴 울며) 아줌니! 정신차리셔유… 네 아줌니… (사방을 향해 소리치며) 아무도 없시유? 아무도 없냐구유? 여기 아줌니가 아적 살아계시구먼유… 사람 좀 살려 주세유 네.

배우7(망이모) 그먼… 혀! 내는 이제 산 목숨이 아닝겨… 그랑께 어… 서 우리 망… 이, 소… 이나 한 번 볼 수 있게 혀라!

배우2(분이) 그거이 뭔 말씀이래유… 아줌니는 아적 죽어서는 안 되쟎유… 오라버니가 늘상 말현 우덜 시상을 보셔야쟎유 네? 아줌니! 그랑께 어서 정신 차리시란 말유. 어서유.

배우7(망이모) 분… 이야 큰아는 즈그 신랑 따라 갔응께 아즉 살아있는 거제… 그러고 이자는 니도 빌러 엄니라구… 불러라… 내 죽더라도 꼭 우리 소… 이와 해로 하여 좋은 시상을 만들어야혀… 윽! 망… 이야! 소이… 야…. (숨을 거둔다)

배우2(분이) 엄니… 엄니… 어머니! (배우7을 끌어안고 오열을 할 때 어디선 가 날아온 활에 비명을 지른다) 오메… 오메 이것이 뭐시여… 으윽. (쓰러진다)

말 달리는 말발굽 소리에 이어 정신없이 소리치며 등장하는 배 우4(망소이).

배우4(망소이) 아니 이게 모두 어찌된 거여? 대체 이게 어찌된 거냥 말 이여! 이곳에 아무도 없소? 아무도 없느냔 말여유! 나 소이여유! 소이란께유! 사람 있으면 누구라도 좀 기척 을 해보랑께유! 분이야! 분이야! 어딨능겨 분이야 어딨 어! 분이야!

배우2(분이) (배우7 곁에 엎드려 있던 배우2가 손을 드며 신음한다) 소…이야 내 여깄스라! 소이야 내 여깄당께!

배우4(망소이) (분이를 발견하고) 분이야! 분이야 (달려와 분이를 끌어안으며) 정신차려 이것아! 어여 정신 좀 차리랑께!

배우2(분이) (힘에 겨워하며) 워쩔러구… 이… 이제 온기여…! 니가 낼 러 지켜준다고 혔잖여….

배우4(망소이) 분이야! 분이야! 이거시 다 워찌된 기여? 응? 워찌된 거 낭께? 부…분이야.

배우2(분이) (힘겨워하며) 엄니… 어서 엄니를…. (소이 품에 안겨 고개를 떨군다)

배우4(망소이) 안 돼, 분이야! 왜 이러는 기여? 정신차리란 말여! 분이야! (오열을 한다) 엄니는? (문득 배우7을 발견하고는) 엄니! 엄니! 엄니꺼정 왜 이런데유? 엄니 저 소이여유 소이랑께유! 엄니! 어서 눈을 떠봐유 어서유! (배우7을 끌어안고) 인자 곧 좋은 시상을 볼 꺼라고 그리도 좋아하신 분이 워떡할라구 이런데유! 왜 눈을 감구 이러시냐구유… 엄니… 분이야! (오열하며 소리친다)

구슬픈 음악과 함께 강한 남성코러스가 들려온다. 이때 배우8(이광) 농민군 깃발을 들고 배우1(망이)과 함께 등장. 슬픔으로, 힘겨운 걸음으로 어머니 곁으로 다가서는 배우1(망이)

배우4(망소이) (배우2를 끌어안고 오열하다가) 보서유! 이것이 성이 나라의 근본이라 했던 백성들의 모습인감유? 이제 어찌 하실 껀데유! 어찌 허실 꺼냔 말이유? (오열한다)

배우8(이광) 산행병마사! 우리가 예산 땅으로 떠난 후 사흘째 되던 날, 조원정이가 이끄는 진압군이 이곳 명학소를 습격하여 백성들을 도륙하고 마을을 이 지경으로 만들어 놓았소! 도륙당한 시신들을 이렇게 구덩이에 던져놓고 일부는 불에 태워 시신조차 찾을 길 없게 해놓았소 이것이 이 나라 난신적자들이 설치는 조정의 참 모습인 게요!

배우1(망이)   (비틀거리며 하늘을 향해 소리를 친다) 하늘이시여!

코러스 더욱 커지면서 조명 F.O 된다. 무대회전.

13

무대 다시 밝아지면 배우6(명종) 긴 그림자를 드리우며 무대 중앙에 서 있고 우편상수에 배우5(경대승) 역시 긴 그림자를 드리우며 배우6 앞에 무릎을 꿇고 앉아 있다.

배우5(경대승) 황상폐하! 이럴 수는 없사옵니다. 어찌 조정대신들이 황명을 어기고 이토록 무참히 백성들을 살해할 수가 있사옵니까! 이것이야말로 반역이요, 대역무도한 행위옵니다. 폐하!

배우6(명종) 그러니 어찌하면 좋을꼬! 과인이 저들에 의해 보위에 오른 탓에 이러지도 저러지도 못하는 이 심정을… 긴긴 날 단 하루도 마음 편할 날이 없으니 내 술로 달랠 수밖에….

배우5(경대승) 지금 조정에서 남적이라 불리우는 망이란 자가 이끄는 농민군들은 다시 봉기하여 예산의 손청이란 자와 합류하여 예산 관아를 습격하고 이어 가야산을 향해 진격하고 있다 하옵니다. 저들은 마치 성난 노도와 같이 밀려들어 그 누구도 막을 길이 없사온데 이제는 그 어떤 회유책도 저들에게는 소용되지 않을 듯 싶사옵니다.

배우6(명종) 정말 큰일이로다. 서경에는 북적이 남에는 남적이… 오랑캐도 아닌 내 나라에서 적일 수 없는 내 백성이 조정의 적이 되어 나라를 혼란케 하다니….

배우5(경대승) 황상폐하! 아뢰옵기 황송하오나 이제는 용단을 내리셔야 할 때이옵니다.

배우6(명종) 용단이라니…? 그 무슨 묘책이라도 있단 말인가?

배우5(경대승) 황상폐하! 혜안을 넓히시옵소서 방자한 저들 해주 정씨 가문의 근본 뿌리를 이참에 잘라내셔야 하옵니다. 심지어 도성에 떠도는 소문에 의하면 정중부의 사위 되는 송유인이라는 자가 지 장인의 세도를 업고 평장사 벼슬을 달라고 황상폐하의 침소까지 난입하여 술주정을 했다는 소문이 있사옵니다.

배우6(명종) 상기하고 싶지도 않은 과인의 수치일세!

배우5(경대승) 그러하오니 어서 속히 결단을 내리시오소서. 폐하

배우6(명종) 어떻게! 어떤 결단을 내려야 한단 말인고?

배우5(경대승) 신에게 명을 내리시오소서! 황상폐하께옵서 신을 믿으시온다면 이 모든 황상폐하의 혜안을 어지럽히는 어려움들을 소인이 맡아 행하겠나이다!

배우6(명종) 내 그대를 믿는 까닭에 이 야심한 밤에 내전으로 불러들임이 아니었더냐! 좋다! 이제 내 운명까지도 그대에게 맡기노니 과인을 대신하여 이 나라 백년대계를 위해 그대가 옳다 여기는 소신에 따라 힘껏 시행토록 하라

배우5(경대승) 본부 받자와 시행토록 하겠나이다.

강렬한 음악과 함께 무대 암전 그리고 암전 속에 회전.

14

무대는 조명 역광을 이용하고 포그 사용으로 새로운 분위기 속에서 배우들 전체 북을 두드리며 계단 좌우에서 합창을 한다.
중앙 배경막에는 영상으로 무리들이 깃발을 펄럭이며 합창을 한다. 물론 실루엣이다.

농민군들의 합창
동해바다에 해가 뜨고 서산너머로 해가 지네
우리네 살림엔 언제 해 뜨고 우리네 가슴엔 언제 달뜨나
남풍이 불어와 처녀가슴 불지르고 북풍이 몰려와 총각
가슴 눈물짓네
가거라 세월아 멀리 떠나라 오너라 봄바람 내몸 녹여라
명학소에 북 울린다 어서어서 잠 깨어나
이 어둠을 일깨우자 새아침이 밝아온다 (북소리 둥둥)

둔뫼 중천에 달이 뜨면 갑천 냇가에 달이 뜨고
우리네 살림에 달이 뜨면 우리네 가슴에 달이 뜬다
모여라 모두다 낫과 호미 손에 쥐고
저 넓은 산천을 달려가자 건너가자
가거라 세월아 멀리 떠나라 오너라 봄바람 내몸 녹여라
명학소에 북 울린다 어서어서 잠깨어나

이 어둠을 일깨우자 새아침이 밝아온다

(배우2와 배우7이 좌우 계단에서 신명나게 대북을 친다)

잠시 후 북소리와 함께 내레이션이 울려 퍼지고 배경막에는 내
레이션 내용과 같은 영상이 비춘다.

내레이션　　다시 2차 봉기를 시작한 망이, 망소이군은 성난 노도와
　　　　　　같이 일어나 덕산 가야사를 점령하고 홍경원을 불태우
　　　　　　는 등 분노를 표출하며 진격해 나갔다. 아산을 함락하고
　　　　　　청주를 제외한 충주를 비롯하여 대부분의 청주목을 징
　　　　　　악하였고 나아가 지금의 경기지역인 양평도를 거쳐 개
　　　　　　경으로까지 진출을 시도하려 했다. 하지만 이즈음 윤인
　　　　　　첨으로 하여금 서경반란이 진압되자 조정에서는 조원정
　　　　　　으로 하여금 대대적인 토벌작전을 감행하여 망이가 이
　　　　　　끌던 농민군들도 완전히 포위되어 결국 망이, 망소이의
　　　　　　2차 봉기가 실패로 끝나게 된다. 그리고 1177년 7월 망
　　　　　　소이는 장렬한 전사를 하게 되고, 망이는 조정군에 의해
　　　　　　붙들린다.

무대조명 F.O

15

무대 중앙에 희미한 조명 F.I 되고 그 안쪽에 배우1(망이) 피투성이가 되어 큰칼로 결박당한 채 앉아있고 그 뒤편으로 배우5(경대승)와 어둠 속에서 삿갓을 뒤집어 쓴 배우8(정중부)이 서 있다.

배우5(경대승) 죄인은 고개를 들라

배우1(망이) ….

배우5(경대승) 수많은 선량한 백성들을 꾀어내어 그들의 목숨을 초개와 같이 쓰러뜨린 죄인 괴수로서 감히 하늘로 고개를 들 수 없는 게구나….

배우1(망이) ….

배우5(경대승) 정녕 그대는 이 봉기가 성사될 것이라 믿었더냐?

배우1(망이) (천천히 고개를 들며) 지는 거사에 대한 성사여부에 대해선 단 한번도 욕심을 내본 적이 없었시유! 오로지 천것이라 불리는 지들 소사람들의 굶주림을 면해볼라고 빼앗긴 양식을 도로 찾고 사람답게 살 수 있는 시상 좀 만들어 달라고 고함을 진 것 뿐잉께요 그게 다였시유.

배우5(경대승) 그래? 그래도 조정의 항거는 국역이오 반역인줄 몰랐드란 말이냐?

배우1(망이) 배움이 없응께 알 턱이 없지유. 긍께 나라서 우덜 천것들 한테도 글을 갈켜주고 배움을 주셨더라면 세상이치의 옳고 그름을 진즉 알았을 거이고 또 천것들 풀뿌리 캐먹는 양식 그거시 뭐 그리 대단타고 때리고 짓밟붐서 빼앗아 갔는진 몰라도 그런 일만 없었어도 이런 사단은 없었겠지라!

이때 배우2 희미한 조명 아래 계단 위에서 노래를 한다.

배우2(노래)

천년설움 바람되어 한밭벌에 휘날릴 때
풀초롱 맺힌 이슬 누구의 운명인가
허기진 산천초목 한서린 명학소 둔뫼 갑천에 뜨는 달
정든님 얼굴인가 솟구치는 그리움에
목메어 불러보는 아! 내 사랑이여! (간주)

배우5(경대승) 여봐라! 어서 시행토록 하라!

북소리와 함께 배우3(망나니) 칼춤을 추며 나타나 배우1 주변을 돈다.

배우2(노래)

천리길 먹구름 바람타고 몰려올 때 처마밑 호롱불 누구의 운명인가

산높고 물맑고 정 많아 삼천리 갑천 중천에 저 별빛 내
님의 눈물인가
초가삼칸 푸른꿈 그 언제나 다시 올까 아! 내 사랑이여!

배우3(망나니), 배우1(망이)을 칼로 내리치고 배우1 쓰러진다

동시에 천둥 번개치고 용울음 소리와 함께 배경막으로 용이 승
천하는 영상이 비춘다

잠시 후 뒤편에서 삿갓을 쓰고 서 있던 배우8(정중부) 삿갓을
벗고 무대 중앙으로 나선다

배우8(정중부) 하하하! 견룡행수, 저, 정말 수고가 많았네. 내 자네 선친
과는 막역한 동지로서 자, 자네 유아시절부터 사람 됨됨
이를 보아 왔었는데 어느새 이토록 듬직한 건각청년이
되어 조정 반열에 올라서 궐내 시름을 덜어주다니… 내
저, 정말 자… 자네가 자랑스럽기 그… 그지없네 그려!

배우5(경대승) 그렇게 생각하십니까?

배우8(정중부) 아… 아무렴. 이번에 망이, 망소이라는 남적괴수들의 목
을 친 자네의 기백이야말로 저… 정세유 장군의 공적과
버… 버금가는 일이었네 그려….

배우5(경대승) 그럼 황상폐하께 신의 공적을 치정토록 주청이라도 올
려 주시겠습니까?

배우8(정중부) 하하하! 이 사람아! 이제는 황상폐하의 뜻이 아닌 나 문하시중의 의지가 어떠하느냐에 따라 모든 조정의 실정이 달라진다는 것을 여태 몰랐더란 말인가?

배우5(경대승) 그럴 수는 없음입죠. 군주(君主) 아래 신(臣)이 있음이 정한 이치가 아닐런지요!

배우8(정중부) 아니 뭐 뭐라구?

배우5(경대승) 저 죽은 망이라는 자는 배움이 없어 세상이치의 옳고 그름을 알지 못하여 사단을 일으켰다 하더이다. 하온데 어찌 나리께옵서는 자신의 의지를 앞세워 세상이치를 그르치려 하시는지요?

배우8(정중부) 아니? 뭐… 뭐라 이런 고얀.

배우5(경대승) 아니 그렇습니까? 소인에게는 나리의 의지보다는 나라 군주이신 황상폐하가 먼저라 사료 되옵기에 이에 황명을 받잡고자 하오니 달리 원망은 마시오소서!

배우8(정중부) 네… 이… 이노옴! (좌우를 둘러보며) 여… 여봐라 게 아무도 없느냐? 어서 이, 이놈들을.

이때 배우3(망나니)이 돌연 배우8(정중부)을 칼로 내리친다.

배우8(정중부) (쓰러지며) 경… 대 승… 네 이… 놈!

배우5(경대승) 하하하! 하늘 아래 땅이 있음 같이 군주 아래 신이 있는 이치를 모르는 까닭은 손에 글은 없고 검만 쥐고 있었기 때문이라는 것을 나리가 진즉 알았어야만 했소이다!

하하하! (천천히 무대 계단을 오르며) 망이 산행병마사! 그대 또한 마찬가지요. 그대가 시운만 잘 만나 태어났더라도 장차 이 나라에 기둥이 될 법한 인물이었을 텐데… 참으로 통제일 뿐이요. 부디 먼 길 잘 떠나시구려

배우5 조명이 사라지고 쓰러진 배우1(망이)에게만 조명이 비춘다.

다시 천둥번개소리와 함께 용트림 소리, 이어 진혹곡이 서서히 들려오며 조명 F.O

잠시 후 만삭이 된 배우9(망이처) 울먹거리며 천천히 등장, 쓰러진 망이에게로 간다.

배우9(망이처) (배우1을 부둥켜안고 멍하니) 천리 길 먹구름 바람 타고 몰려올 때 처마밑 호롱불 누구의 운명인가 산 높고 물 맑고 정 많아 삼천리 갑천 중천에 저 별빛 내님의 눈물인가 초가삼간 푸른꿈 그 언제나 다시 올까 아! 내 사랑이여! 하늘 바람이어라! (배우1을 끌어안고 오열한다)

타종으로 진혼곡이 서서히 들려오며 무대 조명 점점 F.O

16

종소리 진혼곡이 계속 은은하게 들려오고 무대 자욱한 안개, 푸른빛으로 감싸여 서서히 밝아질 때 배우들 진혼곡에 맞추어 등을 켜들고 천천히 등장. 계단 위 상단에 배우1(망이)과 배우4(망소이)가 서고 좌편 계단에는 배우7(망이모)과 배우2(분이), 배우3(농민군)이 우편 계단에는 배우5(경대승), 배우6(명종), 배우8(정중부)이 조용한 침묵 속에 선다. 그리고 배우9(망이처)는 등을 들지 않은 채 전장과 같은 위치에서 약한 조명을 받고 앉아있다. 잠시 후 배우1(망이)과 배우4(망소이)에게 좀 더 밝은 조명이 비추다 사라진다. 타종으로 진혼곡이 좀 더 선명하게 계속 들려올 때 무대 조명 서서히 F.O

끝.

한국 희곡 명작선 97

하늘 바람이어라

초판 1쇄 인쇄일   2021년 11월 25일
초판 1쇄 발행일   2021년 11월 30일

지 은 이   도완석
만 든 이   이정옥
만 든 곳   평민사
          서울시 은평구 수색로 340 〈202호〉
          전화 : 02) 375-8571 / 팩스 : 02) 375-8573
          http://blog.naver.com/pyung1976
          이메일   pyung1976@naver.com
등록번호   25100-2015-000102호
ISBN   978-89-7115-811-1   04800
          978-89-7115-663-6 (set)
정   가   7,000원

이 책은 사단법인 한국극작가협회가 한국문화예술위원회의 2021년 제4회 극작엑스포
지원금을 받아 출간하였습니다.